花實叢書第一五三篇

歌集

一片の雲

一ノ瀬清子

現代短歌社

序

高久　茂

この度「花實」選者一ノ瀬清子氏の歌集『一片の雲』の上梓につき、一言述べてご紹介の言葉とさせて頂く。

一ノ瀬氏は、埼玉県の生まれ、大学を卒業して教員免許を得、教員生活を二十五年間続け、最後は坂戸市立泉小学校を定年で退職された。管理職も勤められたと聞く。この間、平成七年に本会に入会、新人賞・花實賞を受賞、のち編集委員及び選者になられた。

もともと歌の道に入られたきっかけは、高校在学中恩師の甲本栄子氏（花實短歌会会員、利根川発副代表の恩師でもある）の作品に触れ、さらに母上「池田松子氏」が花實短歌会の会員であったことも影響してのことと聞いている。ただし、注目すべきは「あくまでも数学教師になりたかった」という点で、漢文が好きという傾向と相俟って、今日の一ノ瀬氏に相通ずる。

ご両親とも教員を勤められ、特に父君からは好ましい影響を受けているようだ。ご夫君は銀行員を勤め上げられ、二人の娘さん、お孫さん二人という円満な家庭を築かれている。
作品はいずれも、本会の目指す方向に一致し、先達平野宣紀の詠風はもちろんのこと、啄木・白秋など先進の歌のよき部分を、随時摂取して自分なりの個性を発揮している。全体をお読み下されば理解出来ようが、その表現には瞠目すべき点が多々ある。以下、秀歌の一部を掲げておきたい。

一ノ瀬清子歌集より秀歌選

絶滅を危ぶまれゐし梅花藻ぞ富士伏流水になじみゆらゆら
札所への途次にやあらん橋近き茶屋に憩へる白き出で立ち　秩父札所
なつかしむ憶《おも》ひひとしほフェルトの靴に踏み出す幼の一歩
生業《なりはひ》に減反すすむは成り行きか花菖蒲いま真盛りの里　ときがわ町
街はづれの老人ホームは灯り消ゆ夜の帳《とばり》の未だ降りぬに
葉末より溢《こぼ》るるひかり冴えわたり柿の老樹は総身にわかば

戦時下に細く灯ししこのランプ火屋《ほや》をかぶすや温き明るさ

茶の花の咲きて思ほゆ幻の妣《はは》は茶の木の角に掌を振り

口すすぐ朝《あした》の水の微温《ぬる》むなり季《とき》の流れに聡くなりつつ

健やかに姿正せと言ひし父さはさはさやかはつ夏の風

頭をひねり短冊に夢描く子ら小竹《ささ》の葉さらさら星合ひの空

白梅のほの香りつつ花充ちて存分ならぬ陽にもながらふ

三十余年経たりき茶房の片隅に眼鏡のくもり拭ふ幾たび

ためらへる仕種に見返る少年に席譲らるる老いをうけがひ

夜もすがらみ冬の月かげ浴びてゐん山懐の水子地蔵ら

春浅き光に咲けるクロッカスこころ病む子と育てたりしよ　公立小

いずれも平明で、誰の胸にも直截響き、納得出来る作である。

著者はこれまでの路線をひたすらに進めて、より一層感性をみがき、立派な歌人となられるよう、期待してやまない。
末尾に、本来本書はもっと早く出るべきものであったのだが、小生の体調がすぐれぬため今日に至ったことを著者をはじめ関係各位に深くおわび申し上げる。

平成二十六年八月

目次

Ⅱ　三十一文字

一《ひと》片《ひら》の雲

Ⅰ　季の流れ

「鬱」の字

常用漢字《じやうよう》に「鬱」の字入るを肯へりこの期《ご》の不況映しゐるべし

拍動の聞こえんばかり孫の掌に音小気味よく知恵の輪外る

わが脳の回路危ふく孫に寄り時かけ外すひとつ知恵の輪

早朝を被爆検査に並びゐんテレビの前に友の身案じ

生業《なりはひ》に減反すすむは成り行きか花菖蒲いま真盛りの里

ときがわ町

朝光を透かし黄に光《て》る柿若葉老いの緩みし心を揺する

はつ夏のひかり満ちたるガラス器に注ぐ今年の麦茶の香り

温み忘れず

春闌けて疎林のみどりいや深み余白なりにし空埋まりゆく

数知らず星降る夜をたまさかに父と歩みき温み忘れず

梅雨雲の掠め過《よぎ》るや直土のはつかに湿りけふ半夏生

デパ地下に大手を振れる芋ケーキ戦中戦後辟易したる

孫子らの知らぬ戦後を偲びつつ栗かと紛ふ芋ケーキ買ふ

来ん春のいのち秘めたる幹すがし紅葉《もみ》づる桜の終のかがやき

吹き晴るる庭面清らに花水木名残りの紅葉落ちかかる影

子ら巣立ちピアノいつしか唄はずに拍節器《メトロノーム》もひたすら欠《あく》ぶ

無辜の民

不穏なる揺れに怯めり波打てる車体に屈む発車寸前　池袋駅

息を呑み動けずにをり震度五強余震あらんと誘導に従《っ》く

帰宅難民わが身に迫り寒き夜をホテルの好意椅子に仮眠す

無辜の民一瞬にして攫《さら》はるる映像うつつと思へずただ守《も》る

顧みるしづけさ破り領土とぞもの騒がしき終戦記念日

戦後はや六十七年国の舵いかにし取らん夏日燦燦

残されし人ら自《し》を責め寡黙なり自死せる記事に言葉もあらず

初夏の風

街はづれの老人ホームは灯り消ゆ夜の帳《とばり》の未だ降りぬに

かけ替へのなき命なり被災地に甲状腺癌増ゆとふ惧《おそ》れ

ふつさりと盛り上がり咲く桜花この寒空に戻る術なく

会果てて思はず本音漏らし合ふミモザ明るき茶房の隅に

葉末より溢《こぼ》るるひかり冴えわたり柿の老樹は総身にわかば

障子開け部屋吹き通すひとしきりあをき畳に初夏《はつ》の風

ゆくりなく寄りし菖蒲田六月の淡きひかりに紫紺をほどく

花の極みに

水しぶき煌めきながら壁面は禊《みそぎ》思はせ復《を》ち返りたり

世渡りにここのみの話煩はし幼は折をり秘密と言へる

心寄せ尋め来し束稲《たばしね》山頂に白きも残り桜未だし

西行も彼のうた詠まれき束稲《たばしね》の花の極みに碑《いしぶみ》訪はん

神作光一師歌碑

わたすげの白き穂に寄る幼子ら夏の湿原眼裏に顕つ

小田代ヶ原

忘れゐしランプ物置に見つけたり戦中ひそかに闇を灯しき

戦時下に細く灯ししこのランプ火屋《ほや》をかぶすや温き明るさ

安穏に卓囲めども安からずみちのく未だ切なからんに

はかなだつ花片風間に痛むらん道べに咲ける黄色のカンナ

魂しづめの花とし咲けり防空壕《がう》ありし傍ら彩へる夾竹桃は

季の流れ

風のやみ雨となりたる夕つ方未だ添はざる幾たりを念《も》ふ

わが生《しやう》の証しとも見つこの掌もて孫子らひたと護《も》り立てて来し

冬至湯に浸りて憶《おも》ふまだ残る帝王切開《せっかい》の痕わが勲章か

縁先に飽かず咲きつぐシクラメンそり返る花に力隠《こも》れる

茶の花の咲きて思ほゆ幻の妣《はは》は茶の木の角に掌を振り

初霜の置ける藪畑《やぶはた》寒々しおどろが中に烏瓜の朱

ハープ橋ゆ間近に仰ぐ武甲山逢ふたび削がるる山肌の白

山門にコスモス揺るる寺参り納経《のうきやう》帳待つ間白き猫寄る

やはらかにあさの光の及ぶ居間紅茶に香草浮かせ憩へる
口すすぐ朝《あした》の水の微温《ぬる》むなり季《とき》の流れに聡くなりつつ

うた紡ぐ

山ぎはに崩《く》えゆく墓の密《ひそ》とあり四囲に慰と咲ける堅香子

やはらかに萌黄したたる槻若葉日陰たまはる季遠からじ

健やかに姿正せと言ひし父さはさやかはつ夏の風

図らずも抱卵の鳩と目の合へり一見《いちげん》なればわがたぢろげる

迷ひなき母の眼《まなこ》のしづかなり抱卵の鳩誇らしげなる

通夜の空あはく切なく月懸かり心やさしき人のまた逝く

暗がりをさ迷ふごとし記《しる》さずば聞きゐし名さへすぐに紛れて

蒸しながらうたた寝してはうた紡ぐ七十七歳文机の前《さき》

窓の闇

頭をひねり短冊に夢描く子ら小竹《ささ》の葉さらさら星合ひの空

蝕まれ庭の花水木伐られたり切り株に噴《ふ》くは怒りの粉か

気象異変幾年《とせ》ぶりとやこの豪雨地の底ふかき車内に憂ふ

わが脇に夏扇使ふ女《をみな》をり一駅母のかをり顕たしめ

地下をゆく車窓の闇に映りたり衒ふことなきわがおぼろ顔

乗り換へのいらぬとはいへ延伸に喜びのあり且つまた負あり

つまびらかになりゆく月かさはいへど兎の夢は子らに伝へん

潮流に紛れ漁《いさ》りの如何ならん汚染水洩れ限《きり》なきさまに

饒舌に心乾きて帰る道暈のかかれる満月うるむ

走り星見し夜はなぜか昂《たかぶ》りて母と眠りし杳《はる》けき記憶

久々の逢ひ

葉ぼたんの渦にほのけき紅刷《こうは》かれ寒きひかりを裡《うち》にし包む

明け空の彩はこびゆく椋の群れ寒さゆるびし歓びのごと

無骨なる梅の老木ひそやかに翳りのなかに一輪ひらく

白梅のほの香りつつ花充ちて存分ならぬ陽にもながらふ

さくら散りこぶし散り果て雪柳零《こぼ》れていよよ老いの春かな

下陰の窪み温きか野良猫の折にうとまし折にいぢらし

咲き終はり自づと地《つち》に還らんか紫陽花朽ちて骸《むくろ》の面《かほ》に

ちちははを妹を籠めにし鉄扉の音いまも切なく響く梅雨空

沈黙は時に心に響くなり賀状に交はしし久々の逢ひ

三十余年経たりき茶房の片隅に眼鏡のくもり拭ふ幾たび

老いをうけがひ

目の冴えて夜更け雑念しづまらずラジオより聴く「音の風景」

校正の終はり外《と》の面《も》の寒々し浮き雲朱く遠空に映え

老いの日々移ろひ迅しと思ひつつ気ままに向かふひとりの墓参

星かげの瞬くこよひ亡き影へ届かんほどに梔子かをる

ためらへる仕種に見返る少年に席譲らるる老いをうけがひ

梅の実が梅酒の壜にうつとりと醸さるる間に敷石濡るる

分かちあふ悦び児らに知りて欲し此度《こ》の慰問につづる折り鶴

息づかひ微かに聞こえ一途なり鶴を折る児とつづれる児らと

わが喜寿に教へし児らの集ひたりわんぱく盛りの顔を覗かせ

さりげなく「歳相応です」眼科医の言《こと》の冷やか応《いら》へず黙す

白百合の花

道挟み奥の古屋《ふるや》に人住まず里ざくらなほ花をかざせる

梅の散り桃の咲く庭忠実《まめ》やかに春を溢《こぼ》せりうたに泥むに

つゆどきの花あをく咲くわが窓辺筆ペンをもて小《ち》さき文書く

峡ふかく滾るせせらぎ杉山に谺しやまぬ荒川源流

新緑の山間にダム拓《ひら》けあり落差百米余足下ふるふ

水碧き湖畔に初夏を憩へるやひかり散らして岩燕翔ぶ

聚落の分布図見つつことば呑む迷ひの果てに村沈みけん

浦山ダム

掘削の折に出でしとふ弁財天いま湖に向き何思ふらん

葉を落とし実の数多生る落羽松《ぬますぎ》の水好むらし池の巡りに　石神井公園

一片《ひとひら》を栞にせんと拾ひたり落羽松おちば虹色の羽

電子辞書開くいくたび原稿の一部直して下書き上がる

ワンテンポ遅れて人は真顔なり老いの集へるラジオ体操

送る日に咲きゐし白百合思ひ出づ母の面影恋ふる初夏《はつ》

温み愛ほし

わが青春顕たしめ語る師のみ声耳にやさしもしみじみと聴く　高校の恩師

笠山の乳首《ちくび》に似たるは何処かと友らと登りき半世紀過ぐ　小川町

乗り遅れ貨車にて登校幾たびか田舎の駅に今し降り立つ

馴染み来し実家《さと》の母屋の毀《こぼ》たれぬ遠き過ぎゆき零るる思ひ

仄かなる木の香に幣串《へいぐし》屋根に上げ家の容《かたち》を寿ぐ宴

上棟の宴ひそかに守《も》る如く十日の月よ屋根の上《へ》に笑む

食ほそき姑の寝息のか弱かり密《ひそ》かに頬寄す午後の病室

そつと掌に触るれど応《こた》へぬ姑なれば温み愛《いと》ほし諸手に包む

ままならぬ嚥下《えんげ》に決断迫らるる弟妹《うから》しみじみ姑の先いふ

長《をさ》の子の名のみ呼びゐる姑哀れ杳《はる》か彼方に夢追ふがごと

空ろなる姑の葬《はふ》りの庭に降る魂しづめの花そよと吹かれて

鄙《ひな》さかる小《ち》さきみてらの寂《しづ》けさに咲くあぢさゐの滴りの彩《いろ》

ふるさとの八十八夜の祭り果て躑躅がくれに幼子の影

素人のわが剪りつめし凌霄花《りようせうくわ》うら盆の朝初花の咲く

つれづれの旅

未熟児に生まれし双り子健気にも親のわれより大き靴はく

快き墨の香りぞ孫のため気張りて一気に筆を染めたり

筆もつや思はず知らず背筋伸ぶ春の日あはく反故《ほご》を包める

自立せる頃ほひなれば術もなし「海の日」誘ふ夫の意汲まず

万葉に詠まれし河の渡しとぞ軋む小舟の渡りゆく影

石巻・袖の渡り

みちのくに芭蕉と曾良の行脚《あんぎや》像旅を栖《すみか》と海を見下ろす

日和山公園

たまさかにみこし舟とぞ見《まみ》えたり漁《いさ》りの安全祈ぐと飾られ

遠霞む彼方は佐渡かゆくりなく刈羽の海の潮騒を聴く

いくばくの余生あるらん虫すだく夜更け密《ひそ》かに思ひ巡らす

京都方面

職退《ひ》きしつれづれの旅　苔庭に屈みゐる間に肩打つ滴《しづく》

奥嵯峨に閉ざされ何を念《おも》ひけん鳥の声降る祇王寺《ぎわうじ》の庭

山風のまにま仄かに洩れ来たり声明しみじみ叡山の坂

比叡山

夕さりの湖《うみ》なほ霧らふ時の間を岸辺の灯り闇にきらめく

うつつ世の光華《くわうくわ》の極みミレナリオ歳晩の街蟻のごとゆく

有楽町

いにしへの夢にかあらんしののめの大気に開く蓮のくれなゐ　行田市

古《いにしへ》の遺伝子もつや古代蓮撮る人描く人花に寄り添ひ

ひつそりと桔梗咲きたり涼やかな色と愛でゐし母偲ぶ花

傾り占め八十八仏在《ましま》すに山あぢさゐのつつましく添ふ　高幡不動尊

堂塔の先のみ光《て》れり大寺の紫陽花翳りの色に虔《つつ》まし

そのかみを剣に生き来し一世《ひとよ》とふみ寺の庭に大き像立つ　土方歳三

衣擦れの音

白き猫つと現るる喜多院の春日局の「化粧の間」より　喜多院

「化粧の間」慎ましかりき幻にお局さまの衣擦れの音

江戸初期の風俗画とふ「職人尽絵」偶さか風に曝《さら》せるを見つ

わが常を羅漢の態《なり》に重ね見つ肘つく夫をり訝る吾《あ》をり

小京都川越蔵街尋《と》め来たり勾配きつき店蔵《みせぐら》の段《きだ》

蔵屋根に梲《うだつ》上げあり江戸の世の火の禍《まが》思はせ「時の鐘」聴く

郷愁に誘はれ来し菓子屋横丁軽やかにして飴を切る音

姫娑羅の落花かそけき音すなり散るべき白花自づと散りて

ひそやかに季《とき》の移ろふ昼下がり垣の卯の花白じろ溢《こぼ》れ

雨にして雨音ならぬ強《したた》かさ一時《いっとき》古屋をもてあそびけり

梅雨前線

町屋なる門口に入るや当時《そのかみ》の騒動ありと見する寺田屋

龍馬の身案じ上りけん裏梯子軋み確かに古る刀疵

草枯れの丘にひつそり無縁墓ひとつ碑のあり冬の蝶舞ふ

迷ふことなく

何もかも真白に包み暮れ初めて雪は止みたり明日は啓蟄

雪止みし朝《あしたの》展べたるかがやきに哀れしらうめ雪折れの枝

桜紙に白桃包まれ賜ひたり温みふはりと箱に満ちつつ

夕路地に幼はこつを覚えしや一輪車の早み歓びのこゑ

祖母なしし葉の薬効を思ほえば蕺草《どくだみ》引きし匂ひも親し

そこばくの賽銭沈む御手洗《みたらし》に時折雀の来ては水飲む

澄むこゝろに仲間を呼べるひもすも鳥街にしなじみ時を窺ふ

小さきはなべて群れをり河原鶸寛《ひろ》き影なしいつせいに翔ぶ

探鳥会

夕寒く葦原かすかにそよぎつつ低きを翔べる白鷺の影

推敲の跡こまやかに啄木の詩稿ノートの褪せて黒ずむ　　渋民・啄木記念館

啄木の書簡を目にし痛々しはかばかしからぬ病状と知り

身に余る翅の一片《ひとひら》負ふ蟻のよろめきゆけり迷ふことなく

もののなくひもじき時に白飯《しらいひ》を恋ひき今われ五穀を選《よ》れる

没りぎはの片翳りたる路地寒しとほき読経を思はする風

Ⅱ　三十一文字

老いの身

老いまさり互《かたみ》に心寄りゆけり単語のみにて通ふ日常

伴侶とは言《こと》交はさずも身近なり卯の花腐《くた》しの雨降りやまず

粉に挽く石臼のふしぎ祖母まはす脇にし縋り問はず来し悔い

観音堂へ登る磴道《とうだう》ひとしきり賑はひ温くやがて冷えゆく

麦を踏む母の姿の目に顕てり袖に縋りてゐしはわが影

きららかにひかりの粒は傾けり吹き頻く午後を噴水《ふきあげ》止まず

手の疼き口にはせずに冷しをり宥めすかして老いの身生きん

石の塔婆に彫《ゑ》りし梵字の鮮らけし古刹へ登る杉山径に　慈光寺

供華も塔婆もまだ新しき文明の墓処にしひびき老鶯の鳴く

文明の墓ある霊園明るかり庭石菖の花つつましく

生態系

見るとなく過ぎゆくものか下陰の小草に初夏の光ぞ溜まる

里の農守《も》りし野仏いかに見ん耕地いよいよ減りゆくさまを

春浅きみてらの裏の小沼《ささ》に蝌蚪《くわと》動ぐろと泳げる幾つ

勤めゐし校舎見えたり記念樹の濃みどり見定め憶《おも》ふ歳月

四十路なる教へし児らに呼ばれゆく文集抱きパラソル回し

暮れてなほ暮れざる紫陽花この森の生態系とて哀しき思ひ　ライトアップ

青春のいろ思はする桜貝賜ひし友の葬《はふ》りへ向かふ

友送る葬列の後に従きゆけりコスモスの花倒れ咲く道

ひと夏を命の限り啼く蟬の啼きかけ止みしと去年の日記に

先のこと決めあぐねをり父母の墓前去りがてに樒《しきみ》手折りて供ふ

武蔵野

駅頭のバス待つ列に目を凝らす今日ぞ星合ひ　亡妹の影

最接近の火星ぞ赤く輝けり時空はるけくうつつに対ふ

ここにかく武蔵野はあり禅寺の雑木林の木洩れ日を踏む　平林寺

野火止の水さやさやと鴨あそび遠世の流れ甦りたり

境内林『武蔵野』思はせ際だてり雑木は茜の雲を負ひつつ　国木田独歩

集ひたる友垣誰も若からずへだて埋め合ひ小さく笑ふ

七歳に失明せしとふ保己一《ほきいち》の生家の茅屋《ばうをく》椿真盛り　塙　保己一

『群書類従』の製本用具展示あり木槌の角のいや円む減り　記念館

朱鷺の声

ゆくりなく八一の墓に詣でたりつらつら椿咲く角曲がり　会津八一

こがれ来て再び見《まみ》ゆ佐渡びとの心に生きゐん朱鷺の玉の緒

ずんずんと揺らぎ落ちゆく夕日見つ佐渡鷲崎の朱き残影

島山の空にひびかふ朱鷺のこゑかよわげにはた愛《かな》しげに聴く

遠流《をんる》とて佐渡に果てにし帝《みかど》なれ御陵にぬかづく昼なほ暗く

順徳天皇

都への念《おも》ひ如何ほどなりしかと松風聞きをり黒木御所跡

赤松のわづか天指す下陰に御火葬塚あり秋雨の中

ひかりの乱舞

乾反りたる花水木の葉かすかなる音に崩るるペダルの下を

無名とて戦《いくさ》に果てにし霊祀るみ堂に詣づ花満つる下《もと》

世界無名戦士の墓

一山を燃ゆる躑躅に彩られ五大尊明王高みに在《いま》す　越生町

旱天と豪雨を頒つ異常気象つづく旱に草枯れ初めて

夏旱ひとりこもれる部屋に聴く青柿小《ちさ》く地に落つる音

富士が嶺の裾めぐり来し泉とてひかりの乱舞見つつし飽かず　柿田川

絶滅を危ぶまれゐし梅花藻ぞ富士伏流水になじみゆらゆら

音もなく水《み》底透きゆく柿田川藻に咲く小花しなやかに揺れ

迸《ほとばし》る樋《ひ》より掬へる掌の内に木洩れ日ゆらぎ一息に飲む

川岸の淡きみどりに紛れたし青一瞬の翡翠に見《まみ》え

句にうたに思ひ認《したた》めし机かと裂《さ》き跡に触れ糸瓜見上ぐる

子規庵の古井に偲ばん包帯をひた洗ひゐし妹律《りつ》の背

緩みし心

快き言葉ひとつに癒さるる沈める心救はれしかと

ＴＰＰの影ひたひたと迫りくる塵も積もればやり繰る難く

議論とはかくも言葉を濁すらん予算中継嚙み合はぬまま

おしまひのなき奢りなり人の性《さが》昼夜分かたぬ街の明るさ

梅雨明けの近きか日差しに力あり青葉ごもりに光る枇杷の実

暑に隠《こも》り緩みし心見透かすや紅アマリリス凜とし咲けり

み灯《あかし》を点して父母のこゑ聴かん迷ひのひとつ決め倦《あぐ》みつつ

澄める空あをき山河も汚したり見えざる災禍見ゆる政争

幼子らきらきら絵本に浸りゐる豊けき時間サークルに満ち

幼子ら好みの容《すがた》に聴きてをりわが読む手元に木洩れ日揺れて

三十一文字

身罷りて七七日《なななぬか》経ぬ人住まぬ庭に音なく崩るる牡丹

蔵屋根の高みに白き花展《の》べて杏子咲きゐし杳《とほ》きふるさと

初夏《はつ》の光降るなか走り来し列車は泡《あぶく》のごとく人吐く

降《お》りしとき浮かびし詩《ことば》記されず押さるるままに段上りゆく

高齢も後期に入りて弛き身を三十一文字にひた背《せな》押さる

恙なく過ぎしひと日に謝するのみ若きの訃音に接しなほさら

地にかへるものやさしかり疎林ゆく道に転べるひとつ空蝉

茶の間の灯消さんと立てる厨辺に絞りに絞りしレモンの香り

庭隅の空き鉢いくつ水無月のひかりつぶさに溢れてゐたり

下陰のさやけき白妙いとしまん風とあそべる射干の花叢

一刻の幸

茎手折《たを》り舐り遊びし杳き日の虎杖《いたどり》ことしもみづみづと生《お》ふ

縁側の日向に息づく蘭の花ひと盛り過ぎなほにほはしく

埋もれゐしみ仏の面《おも》ややに崩《く》えみ寺に安らぐ秋津休ませ

雲無心とふ語知りたり秋空に鱗《うろ》雲《こ》自づと流れゆきけり

読みさしの師の『全歌集』また開く些事の隙なる一刻の幸

平野宣紀主宰

知を銜ふものにはあらず平明と省みるのみいつとも分かず

先行きの見えざる世をば皎々と今宵照らせる栗の名月

事故より二年

身を曝し働く人等のこころ念《も》ふ事故より二年ただ詠むのみに

空洞のビルに瓦礫に掌を合はす岩手の旅先憚《はばか》る念《も》ひに

遠野なる民話の由来聞きゐたり河童の淵の霊気に浸り

「おしらさま」とて飾りあり貧しさの裡《うち》より生《あ》れし優しき容《すがた》

遠野なる賢治思はす眼鏡橋枯れ野の果てに寒ざむとあり　宮沢賢治

楊貴妃の故事に「睡れる花」といふ項《うなじ》垂り咲く花海棠あり

しなやかにひかり聚めて挙り咲くクリスマスローズ花の白妙

総花《ふさはな》の盛り上がり咲く百日紅炎暑の庭にひかり溢《こぼ》せる

頭の上に雷神怒れり映像の予算中継たまゆら乱し

雀らはいづこへ行きしか夕さりの茜の雲は黄にかはりつつ

声のみに常に明るく聞きしかど友臥しゐしに思ひ至らず

追憶の白

紅葉《もみぢ》せる枝透き仰ぐ中空に追ひつ追はれつ雲は疾《と》くゆく

穂芒にをみなへし活け山峡の駅舎さやけし今宵望月　秩父線

小腹《ほがみ》やや緩める野良は探る眼に庭を出でゆく走るでもなく

蒸せる夜の月かげひたと浴びてゐん夕闇に咲くおしろいの花

咲きのぼり西窓おほかた覆ひたりけさの朝顔光沢《つや》もつ紫紺

約したる友を出先の駅に待つわれに若さの甦るごと

義妹ゆ賜ひし独活《うど》の瑞みづし酢味噌に和《あ》へてこよひ一献

花ひかる間《あひ》にしろじろ校舎見え車窓に見返る笠山の末《すゑ》

八高線

別れぎは樅《もみ》の下へに円居《まどゐ》せり多感に過ごしし杳き過ぎゆき

道の面に蠟石あそびせし日ありへのへのもへじ追憶の白

絵手紙温し

気にかかるひとつに拘り娘の言ひし先《さつき》のことぞ全《また》く忘るる

一間《いつけん》のグリーン窓掛《カーテン》このあした朝顔の花許し色なる

カーテンの隙ゆ明るみこの朝の澄める光に平穏のあり

蒸し暑きひと日籠もれば鬱陶し前置き長き迷惑電話

友賜びし絵手紙温し淡彩に掌もて触れたき栗の幾つか

歳月を密に重ねし雑木々を愛《いと》しむやうに山鳩啼けり

並み立てる杉の緑をひそやかに映して寺の池水閑《しづ》か

若葉色に染まるせせらぎ聴く里におつぺ焼とふ工房のあり

越生町

吹き通ふ茶房の棚なるおつぺ焼好みの器に珈琲かをり

桑の木のいや伸びおどろ藪畑《やぶはた》に背負《しょ》ひ籠姿の妣《はは》のまぼろし

Ⅲ　時は動かず

人待ち顔に

幼らと手つなぎ歩む春野道紋白蝶の空より降《お》り来

円居《まどゐ》せる鴨の一羽が水脈《みを》曳くに合図あるやもみな後に従《つ》く

春浅き池の水面《みなも》に風立ちてスワンボートは人待ち顔に　井の頭池

噴水《ふきあげ》の音に紛るる三線《さんしん》のこゑはかなげに弾ける少年

ひとり佇つわが肌にふれいづくへかメタセコイアを吹き過ぐ風は

山裾のみてらの空に鳴きゐしが声を収《をさ》めてひばり落ちくる

コンクリの罅《ひび》にし聡く芽ぐみゐし菫ひと本濃《こ》紫に笑む

復興のこゑなほ遠し宵空に春待月の細き氷輪《ひょうりん》

札所への途次

遠く来し友の個展の夢さなか寄りし大滝のとどろに圧《お》さる　吹割の滝

ゆるらかに流るる時のひた恋し轟音わが身を劈《つんざ》くごとく

寒き夜を面《おも》まで埋め寝《い》ぬる常わが吐く息に温もりながら

札所への途次にやあらん橋近き茶屋に憩へる白き出で立ち　秩父札所

お辞儀せるはたささやける花ポピー五月の風の光りてやまず　花の回廊

幾たびも児ら率《ゐ》て来たりし旗の下《もと》世界遺産の今をし巡る
東照宮

彫刻刀いかなものにて彫《ゑ》るものか半肉彫の牡丹に見惚る

通ひゐし子の小学校は統合に替はりて校庭ややに狭まる
現ふじみ野市

実家《さと》の猫まとはり喉を鳴らせるにさと爪を立つ意に添はぬ　何

潤みたる寒の日ぐれのけぢめなし夕べ木の間に月影滲み

むきむきに草食む縞馬うちつけに臀《ゐさらひ》めがけ尻尾ふり合ふ　東松山市

親の背

山巓に白きドームの光る見え息はづまする児らに従きゆく　小川少年自然の家

天象儀《プラネタリウム》観し児ら夜空をひた仰ぐ先づは北斗星《ほくと》の柄杓を指せる

宅配を承《う》け判押せるたまゆらを息急《せ》く若き面《かほ》赤らめて

話すこと少なかりしよ父の文ことばの間《あひ》を想ひまた読む

淡々と生きよと言ひゐし妣憶《ははおも》ふ傘をまはして往く人に従き

糠雨に雑木の葉むらみづみづし木末隠《がく》りて嘴細《はしぼそ》鴉のこゑ

平林寺林

伊豆殿橋渡りし辺り風のあり木洩れ日揺らぐ野火止の水

照りながら流れゆるらか軽鴨の親子は水路に即かず離れず

「あなたならできる」と父に常いはれ諾へずとも折にし泛ぶ

なつかしむ憶《おも》ひひとしほフェルトの靴に踏み出す幼の一歩

光とあそぶ

花びらも蝶も乗せゆくローカル線昼のひかりを存分に入れ

コピーせし紙の保てる温もりを抱きて帰る稿の幾枚

朝光のまともに差せり蔓ばらの花に入りゆく虻の後姿《うしろ》を

歳々の逢ひと別れのすぎゆきに個性強かりし子等の面《おも》顕つ

公立小

店主《マスター》とて珈琲淹れて呉るる汝よ教へし彼の頃積木好みし

ささいなるほつれに靴下《タイツ》を繕へり妣《はは》の夜なべの掛矧《かけは》ぎ思ひ

いつよりか流れ着きたるごろた石ものしり顔に光を反す

越辺川

しなやかにひかりと戯れ雛罌粟《ひなげし》の花の幾つが自づと零る

お斎《とき》の膳前にし憶《おも》ふ幅広の里の晩げの紐革饂飩《ひもかはうどん》

乾きたる風さやりゆく糸杉のささ枝さゆらぎ光とあそぶ

庭井戸にお膳洗ひし日も遥か休み待ちゐし母との時間

新緑の里山揉みゆく風の筋しろじろ奔る午後の陽揺らし

百日紅盛り上がり咲きわが父にまさしく別れ迫りてゐたり

車椅子に乗せられ笑みてゐるばかり言葉もたざる父となりたり

風の便り

音信のなきまま連れ合ひ往《い》にしとふ風の便りぞ椎に雨降る

限界をつひに超ゆるか愚痴こぼす娘の細れる肩を抱きしむ

休日を朝より娘のかひがひし葛藤うまく収めしものか

わが迷ひかぎりもあらず春浅き野のあげひばり羨《とも》しと見つつ

咲きみつる花の乱吹《ふぶ》けば幼子は鳥にしあらね天に飛び立つ

新入児の飼ひ犬といふ玄関にわが禁《いさ》むれど固く動かず　公立小

鐘《チャイム》鳴り音なき窓辺の桃の花ひかりまともに睡れるごとく

総身に天ゆ降りくるひかり浴び槻は宿りのみどり噴き初む

吹き過ぐる風に胡蝶の舞へるごと公孫樹若葉の戦ぎてやまず

杳き日に御師《おし》のお告げと聞きしかどわが晩成の未だ成らざる

一時帰宅

万灯《まんどう》のごと賑はしき木蓮のそり返る花の秀《ほさき》　神さぶ

七福神祀られ里も札所なり活気いや増す町とぞ替はり　越生町

母逝きし寂しさあらんに淡々と義妹の料理を父は褒めゐし

飼ひ犬のこゑに口許ゆるむ父一時帰宅に逢瀬のごとく

かなたへと一人先立つ母の面《おも》撫でゐし父よ面影の顕つ

若きらに諸手包まれ笑みゐしが機能訓練《リハビリ》室に父は動かず

行き交へるリュックの人らに道ゆづる梅咲くみ寺に鰐口の音

筆まめな父にてありき実家《さと》に寄り形見の文箱に仄めく埃

父の逝きその背にすがり来しものか巨き洞《うろ》埋め菜の花ひかる

縁日に向き合ふ少女の心太《ところてん》啜れる音冴ゆけふ入梅《ついり》晴れ

一片の雲

明日のことなほ迷ひゐる暑き夕風出でたらし風鈴の音

寂《しづ》かなる慰といはん列車来《こ》ぬ鉄路の上に萩なだるるは

一片《ひとひら》の雲浮き秋の気配なり峠吹き越す乾きたる風

小諸なる藤村ゆかりの老舗とふ温もる席に鯉濃《こひこく》を食ぶ

冴えわたる空ゆヨーデル響くかも目前《まさき》に聳え連るる銀嶺

たくはふる力包むや巻きの良し高原キャベツの滴るみどり　野辺山

甥の婚祝がんと指《さ》しゆく信濃路にひかり遍し幸先の良く

晴れ晴れと汝《いまし》を包む光あり十字架《クルス》の誓ひ常《とこ》しへなれと

馬車に乗る花嫁気づかふ甥の所作いと眩ゆかり光降るなか

澄み透る伏流水ぞたつぷりと含みて山葵のみどり勢ふ

佳き日

まことのちゑ攫《つか》む掌になれ修了の児等の眼《まなこ》に真向かひにつつ　公立小

二度となき佳き日迎へし児ら送り心安らぐ一服の茶に

心なしか窓灯りさへ寂《しづ》かなり職退《ひ》くは明日校舎巡りく

歩み来し二十五年ぞ足跡をしづかに憶《おも》ふ弥生尽くる日

職退《ひ》きしわが眼に沁むる柿嫩葉細《こま》かき雨にしとりて光る

はみ出でて多《さは》に伐られし老桜通学路ゆく児らをし守る

胡蝶蘭愛でゐる椽《えん》側影よぎりつばめは今年も巣造りすらし

ゐんどうの花明かりに寄る蜆蝶畝もつれつつ翻りつつ

幼子の習へるピアノ聞き澄ます項《うなじ》傾げて紫陽花寂《しづ》か

ひたひたと水浅葱に空暮れゆけり梅雨湿りの庭枇杷の黄熟

白き膨らみ

乱反射ゆたにたゆたに定まらぬ水面《みなも》に影濃き市場《マーケット》の船　メナム河

たゆたへる大河に沿へる小《ち》さき家窓開け放ちあまた物干す

夏雲の白き膨らみいや太り寺院の尖塔燦《きら》めきやまず

杳き日の交はり思はせ碑の立てりブーゲンビレアそよぐ傍ら

山田長政　日本人町

蒼天に遺跡晒され寂《しづ》かなりパゴダの段の朱きを登る

アユタヤ遺跡

神妙に人載せ遺跡幾めぐり象は日中《ひなか》の熱き道ゆく

久々に逢はん友どち想ひつつ車窓に光《て》れる水《み》沼見て過ぐ
印旛沼

海かとも枯れ野広らに耀へり車窓に見返るしばらくがほど

背戸の川

山風に波打つ歯朶のうすもえぎ叔母訪ねゆく峠路は初夏　黒山

しめやかに読経流るるたまゆらを鳩の声和す実家《さと》の墓原

実家《さと》に来て遠蛙の声聞くからに蚕《こ》飼ひに畳を除《よ》けし日泛ぶ

遣《や》り場なき思ひに佇む背戸の川調べやさしも瞑《めつむ》るしばし　越辺川

あちらにて微睡みゐるらんうたた寝に微笑む父母の顕ちし初夢

風寒く土手ゆ守るに白鳥ら淵の水面に胸寄せ合へり

北帰行の時近づくか小白鳥吹きくる風にしきり羽撃《はたた》く

あかんましごき遊びし友をらず稲田の畔に誰彼憶《おも》ふ

父まさば如何に言はんか弟の褒章祝がるる席に身を置き

日焼けして逞しかりし弟の面輪優しみ歳月思ふ

渓川の岸辺にそよぐ銀水引に秋茜ひとつ翅休めをり

師の思ひ

咲き盛る中に籠もりて須臾の間を鵯の出でこず花のみ散れる

満たされし鵯か庭木に触れもせで影過《よぎ》りゆく声のみ残し

やはらかき雨に艶めく紫木蓮昨夜《よべ》の嵐にひた揉まれゐし

『五重塔』露伴の旧居ゆ見えしとふ礎石彩ひて花片の舞ふ

幸田露伴

桜咲く谷中もとほりゆるき坂下《お》りたる店に桜餅食ぶ

師の思ひ反芻しつつ詩語さがす鎌倉界隈わが馴染み来し

閑《しづ》かさに潜みゐたりし鯉がふと気合ひ入るるるか池面を打てり

道幅に光る海見え一の鳥居くだりて明るき古都の街ゆく

潮風の頰に冷たし江の電に沿ひゆく辺り烏賊焼く匂ひ

人に馴れ音に馴れゐる鯉ならん浮き出で競ふことなく隠《こも》る

大寺の高みよ見晴らす沖合の霞みて茫とけぢめ見分かず　鎌倉・長谷寺

白き花先生の面《おも》の辺《へ》に添へぬ「花實」への思ひ如何許りかと

平野宣紀主宰

笑み在す遺影に届かん師の思ひ継がんと期する年次大会

厳しさの中に面差し優しかりき師の在《ま》さぬ大会虔《つつ》ましく果つ

花びらに秘め

夜もすがらみ冬の月かげ浴びてゐん山懐の水子地蔵ら

去りがてに神のみ前に畏まり長々と祈《ね》ぐ待つ人をるに

秩父神社

万華鏡回し見てをりのちの世に会はん眺めか密《ひそ》かに想ひ

かすかなる風にかぐはし臘梅の黄花くさぐさ坂になだるる　宝登山

臘梅の香に誘はれ半時を巡るに足腰はやも笑へる

臘梅のかがやきの先おほどかに構ふる武甲山《ぶかふ》の山襞の雪

山なだりの寂《しづ》けさに咲く福寿草春めくひかり花びらに秘め

一刻の華

雪の花咲ける椿にひかり降りけぶりて散れる一刻の華

朝光《かげ》に滲みつつ雪痩せて来ぬ庭木を揺するふくら雀ら

野の草の知恵か地を這ひ花かかぐ地縛りの花知りてぞ親し

春浅き光に咲けるクロッカスこころ病む子と育てたりしよ　公立小

石垣の隙にひと本蒲公英の笑まふも知恵か日当りの良く

殺生の無惨を見するテレビあり戦を知らぬ子等いかが見ん

伝言板メールに押され廃るらん駅にことばの通ひし日顕つ

形見なる母の絎台《くけだい》使ひたり夜なべの姿たぐりよせつつ

はるかなり双り子諸手につれて来し杜ぞ一人し観る老桜

双り子も五十路となれば現し身の曲がり角とふ熱量《カロリー》など言ひ

時うつる迅きを思《も》へり捨つるべく仕分けし書《ふみ》よ半年の過ぎ

風ややに涼しき夜更けほそぼそと哀しき色にこほろぎの鳴く

別れしなふはりと温もり残りゐるきみの微笑み眼裏に秘む

散華思はせ

心みつる思ひに聴きつ濯ぎ物干しつつ何処か赤子なく声

爛漫の桜あふぎて佇みぬ幾年ぶりの予後なる弟と

ひつしりと墓おし並ぶ霊園に散華思はせ花吹かれ舞ふ

人みなに花の種あり説きて来し子の名ぞ紙上に見出で寿ぐ

蒸しながら颪の出で来し昼庭に布袋葵の花茎兆しぬ

万葉の里なる川沿ひ葛群れてしき吹く風の甚振《いたぶ》りやまず
坂戸市大家

世にあらば百二歳なる母偲ぶ手遅れの癌告知せず来し

予後過ぐす友の憂ひに何為せず逢ふことさへも慎みにつつ

枝々に仄かなる影ゆらぎゐる芽吹かん木々のあえかなる紅

歌人より母親として妻として死ぬと詠まれし癌病む歌人

残すほど何があらうかと愛憐の思ひ詠まれしうたに真向かふ

河野裕子氏

所狭く朝《あした》の庭の草いきれセージ摘む間を藪蚊まつはる

父母すでに在《いま》さぬ里の春なれや秘仏拝まん磴道《とうだう》登る

開帳のみ寺へ向かはん歩を止め亡妹《いも》をみ空に仰ぐたまゆら

弘法山観音

時は動かず

日光きすげさながら花圃《くわほ》のごとくなり赤城山麓　追憶の色

地蔵岳映して寂《しづ》か大沼に汚染あるやも小舟のひとつ

梅雨時の明暗ともなふ雲の疾《と》し「所により」と予報はおぼろ

ひとことに背中押されし思ひあり菖蒲の螺旋ほどきゆく風

くれなゐの咽喉《のみど》見せつつビルの間を曲がり上手に一羽の燕

山里は片翳りたり白秋の野辺に色褪せ咲く鬼薊

乗り合へる支援児と母に隣りたり真の哀しみ知るよしもなく

世界の壁まざまざと見きW杯置き去り福島と書く人のあり

雛の日の過ぎてかの日の廻れども未だ遅々たり時は動かず　三・一一

忘れゆく事の良し悪し人にあり「忘れないで」と仮設の人の

みちのくの人らの心に沁みて咲く桜前線疾《と》く上りつつ

白きもの舞へる朝空明るかり春のとなりはわが生れ月

以上四二八首

あとがき

中学一年の夏、自治体警察の標語入賞を機に、五・七・五に興味を持ち、その他の啓発標語の掲載の喜び、達成感を味わう中で、啄木や白秋、水穂などの歌の韻律・リズムに触れ、多感な時期の心を揺さぶられながら知らぬ間に、三十一文字に惹かれていく自分がありました。母が家の都合で教職を退き、農業の傍ら歌を詠み、新聞の掲載に心を癒していた矢先、現「花實短歌会」副代表利根川発先生に師事するようになり、私も、母との日常から短歌に触れていったと思い起こしています。また、偶然目にした歌集の縁で、高校時代の恩師甲本栄子先生と再会、「花實短歌会」に入会させて戴きました。教員生活の定年一年ほど前のことでした。一条の光が射し込んで来たような明るさを感じながらも、学校経営の仕上げの時期と、姑の入院とが重なって、落ち込んでいくのを選者の先生方、歌友の方々の励ましを戴き乗り越えることができました。
本歌集は、私の第一歌集です。入会以来全体の中から四二八首を迷いながら収めました。歌誌「花實」に掲載された歌を中心に、月刊「人とこころ」(埼玉文化懇話会)からも少々選びました。上梓にあたりまして、花實短歌会代表の高久茂先生には、ご繁忙のなか私の未熟な作品について細部まで見て戴き、的確な助言に加え、過分な序文を賜りましたことは、誠に身に余る光栄であり、厚く御礼申し上げます。
歌集名の『一片の雲』は本集中の
一片《ひとひら》の雲浮き秋の気配なり峠吹き越す乾きたる風
の一首に拠っています。題名への思いは、堀辰雄『風立ちぬ』のサナトリウム、藤村の『千曲川のスケッチ』小諸義塾の教師、『夜明け前』など、わが多感な頃の信州への思いが強く、浅間を彷彿させる『一片の雲』としました。
私は、生まれも育ちも埼玉の越生町、越辺川の上流で四季の変化に富む田舎の風景が胸深くあります。右に弘法山、裏には越辺川、前は見渡す限り田んぼで八高線も見え、また防風林の大欅、里山と欅の間から望む笠山、中学の写生会は大体この辺り、私の原風景でもあり、嫁して五十余年経ても歌の素材になっています。更に父の影響もあり、同行二人で夏休みなど札所（秩父）に関わる歌も身近となっていました。

人生の転機を迎えたのは高校在学中、親の職業を継ぎ教員（特に数学）を目指していたところ、結核発病寸前（健診）との由で受験はならず、無事健康を取り戻すことができてから社会生活十二年を経て、公立小学校の教員となりました。大人社会の縮図のような子供社会の現実を眼前にし、驚きと共に、本当に大事なことはと深く考えさせられました。今回、選歌するに当たり、海外詠は少なくし、自然詠、生活詠、社会詠、特に戦中戦後の体験、大震災と原発事故等、考えさせられる出来事を含め、私の思いと重ねながらの歌、ここに目を注ぎ選んだつもりです。

平野宣紀主宰が、「適正な写実と平明、濃《こく》のあるもの、つまり人の心に深く沁み入っていく歌」と書いておられましたが、そんな作品ができればと願っています。本歌集の中に一首でもそれに近い歌があれば幸いです。歌は生きる力になると今、しみじみ「花實短歌会」への入会に感謝しています。

これまでご指導戴きました「花實短歌会」の神作光一名誉代表ほか稲村恒次、利根川発、三友清史、麻生松江の諸先生方はじめ、選者の先生方、親しくご助言下さる氷川台歌会ほか、歌友の皆様に心より感謝申し上げます。

また、現代短歌社の道具武志社長、今泉洋子様はじめ、スタッフの皆様に感謝申し上げます。

最後に、歌をはじめ私を理解し支えてくれる夫、また二人の娘に「ありがとう」の言葉を捧げます。

平成二十六年七月

一ノ瀬清子

著者略歴

昭和12年　埼玉県に生まれる
平成７年　「花實短歌会」入会
平成９年　25年間の教員生活定年退職
平成15年　花實新人賞受賞
平成26年　花實賞受賞
現　在　「花實」編集委員、選者
所　属　「花實短歌会」「日本歌人クラブ」「柴舟会」
「埼玉県歌人会」

歌集 一片《ひとひら》の雲　　花實叢書第153篇

平成26年11月７日　発行

著　者　一ノ瀬清子《いちのせきよこ》
〒352-0003 埼玉県新座市北野3-20-33
電話 048-479-9107

発行人　道具武志
印　刷　㈱キャップス
発行所　現代短歌社
〒113-0033 東京都文京区本郷1-35-26
振替口座　00160-5-290969
電　話　03（5804）7100

定価2500円（本体2315円＋税）
ISBN978-4-86534-058-7 C0092 ¥2315E